ゼクエンツ

Sequenz

河野美砂子　歌集

砂子屋書房

＊目次

I

II

III

Ⅳ

装本・河野　綾

歌集　ゼクエンツ

I

湾曲

桂川大きく曲がりまがるたび水際《みぎは》あやふく春の草抱く

堤防の道ながくくれてゆく空につながるごとく車はしらす

みおろせる水《みづ》暗きがなかもりあがりふくらはぎほどの魚あらはれぬ

光かへす墓を見たりき春のひる遠く過ぎにし山をおもへば

遠目にはまだ冬の木のユリノキが幹濯《あら》はれて黒く濡れ立つ

遠き人と話す電話の切りぎはにまつげをふせるほどの間があり

空のいろ果てなくひろし橋の上をゆく自転車のひと立ち漕ぎをして

Alla scherzo《アッラ スケルツォ》

あと何度練習《さら》へば三月　黒鍵の角の光に密度ある朝

木製のフルートの音《ね》も呼びいれてピアノといふ庭　わが指も来る

譜のなかの音符こまかな枝がありに庭に来てゐるメジロのつがひ

さきほどは不在のdolce再現部に見つけてブラームスと少し会話す

ゆびさきが裂けるよりまへにやめなさい　練習《さら》はぬために梅を見にゆく

濃淡の匂ひの道におもふなり白梅の花は何にあらがふ

てのひらに非はないのだから時かけて石になりたる小魚《せうぎよ》をわたす

梅林の奥にまだある暗い森ちかづいたらきつとだめだとわかる

根をはやす思ひの淵にきさらぎのひかりをまとふ爪が十《とを》ある

Un poco presto e con sentimento

決めることができない彼の逡巡を遠くから見つ春のはじめに

ブラームス「ヴァイオリンとピアノのためのソナタ第三番」第三楽章

東方の山

つゆぞらの雲のひろがる風景にひとすみ遠く蟬の音《ね》湧けり

うつすらと比叡山見ゆもの焼いて匂ひけむれる墓丘の辺に

青い梅、　青い梅ひとつづつ落とし透明壜の底をはみだす

階段の木が古いのですのぼりゆく音のむかしのその足の次

むらさきの桔梗咲きつぐすずしさはグラスをはじくゆびさきに澄む

企画書に予算書も添付提出すモーツァルトを弾くための金額

卵四つひといきにつかふ料理にて黄金色の油さわだつ

こくこくと梅蜜の水つめたきを飲みほす今日のすずしさの棹

自死したる友だちのこと歌にせず何年が過ぐ　金魚の歌ありき

水の膜つんつんつつき水鉢の夏の目高は音たてたがる

ひとときの会話のなかに君は見すこころの谷に落ちてゆく石

大きさがあなたをゆるくねむらせて地球から見る月ひとつなり

胸たかき夏馬となり比叡山くろぐろと空に洗はるる色

いつも傘に雨はあふれて正しいとふ言葉の中のかなしみを遣る

碧　声

蟬の音の遠くひろがる午前中みづがながるる白い食器に

ふうりんの風の透明　湧くかぜのみなもとに青い花殻を捨つ

〈うつろふ〉のスクロールながく上下して電子辞書の蓋ひつたりと閉づ

裏山は蟬の音に満ちあゆみ入るわれを消しゆく蜩《ひぐらし》のこゑ

会はないとまだ決められず見あげたり全身《からだ》しぼりて今日鳴く蟬を

期限なくただ待つときに夕刻のひぐらしの声わが酷《むご》く聞く

飼犬がしつぽをまるめ籠もりをり匂ひはつかに雷《いかづち》がくる

コピー

不条理を説く吉田氏をコピーして今日の二限目ピアノは弾かず

火曜日ごとにおもさのたがふ薄《すすき》見ゆ大きな窓を背にレッスンを

シューベルトのCis D G《三つの音》に〈死〉を聴くと先生は言ひき若かりしわれに

ピアノソナタ『幻想』第二楽章　第39〜40小節

教室の机にのこるコピー譜のオーボエソロの憂ひにしづむ

だれも気づかぬ樹とおもつてた　音楽棟の径《みち》かげでだれかスケッチはじむ

京都市立芸大図書館に立ち読みし草珊瑚といふ呼び名も知りぬ

風すずしく空から落ちてふうはりとひろがつてゐる芙蓉の葉つぱ

ピアノ売るこころは聞けず椹木町《さはらぎちやう》日暮通《ひぐれどほり》に住んでゐた人

青インクの匂ひのやうな夜の秋　ホルンの人と電話つながる

裏山がぽつかりと浮かぶ月の夜のりんかくとしてわが声ひびく

ひらかれたノートの上をうすうすとよぎる翳あり魚の匂ひす

モーツァルト最晩年にまつはれる金銭の音かがやくごとし

死ぬために生きてゐることすぐ忘れ練習不足を今日なげくなり

一度だけ

すすきの穂ひらきはじめてこの秋の触覚に弾くリゲティのエチュード

土ちかく熟れてゐる実の藪柑子まばらな数にもうすぐ雨が

ゆびさきに凹凸《あふとつ》感ず秒針のひびき影なす漆喰壁に

エノコログサゆれあふ昼にたちどまる　否定形にてものを言ふ人

あかつきに一度だけ鳴る鐘の音《ね》のふしぎな寺よ舟岡山の辺に

いくつもの自爆音ひびく星の上で会ふ約束もせずわかれたり

かんむり

ゆびさきが灯台のやうに見ゆる日よ　西からくづれてゆく雲の峰

秋草をコップに挿せばコップといふふかしぎな音《おん》に澄める秋草

ぬばたまのピアノに象の牙ならべ炎《ひ》をおもひをり十指ふれつつ

ジェルジュ・リゲティ（1923～2006）作曲〈ピアノのためのエチュード〉より
「ファンファーレ」8拍子（3＋2＋3）と、6拍子、7拍子等が同時進行するポリリズム

信じ得るわれみづからかアフリカの律動をさらふ闇雲になりて

アカ・ピグミーに〈家族〉を表す言葉あらず大いなるものに近づく音楽

人格の数人がわれの脳に棲みリズムとパルスの祝祭までを

テーブルの下にひつそり開いてゐる洞穴の夜を飼犬ねむる

上賀茂にある池。時々そばを通る。

昼に来れば深泥池《みぞろがいけ》に人みえず姫河骨の黄花がうかぶ

なにものか池をゆらせる　樹の影が淵になだるるむしあつきところ

十四万年前にも君は怒りしか　この浮島の生まるるときに

糸蜻蛉からだ透かせてとまる穂に息づいてをり浮島の闇

池の位置ずれはじめたる或る秋の草かげろふのうすみどりいろ

稜線のかさなる昏さぬすみ見た　あなたが声を洩らせる部屋で

息うすく歌集読みつぎ雨月の夜わがかなしめり人とくらべて

月待ちの舟にまどろむわれの手が千年ののちリゲティを弾く

秋の雲を冠《かんむり》みたいに載せてゆく暗譜できるとじぶんで決めて

逢はぬ日々を芙蓉咲きつぎ手も足も声もつぎたしつぎたしして過ぐ

木版画

もう夏のはてに来てゐる林間のつくつくぼふし間をおきて鳴く

前髪をみじかく切りて瞑目す眉間は谷の風ふくところ

くうかんにおもてうらある木版の孫《ソン》雅《アー》由《ユ》氏の藍のひといろ

ひるすぎの秋の雲みゆ校庭に鳴る大太鼓を点景として

知らなかつたことにしたまま二杯目のグラスに雨がさかさまにふる

「使います」と言はれあたまを下げるのだお金をもらつて弾くピアノなら

休館日の図書館に来てゆふぐれをひきのばしてゐる秋の雲見つ

II

黒い楽器

黒ぐろと光ぬめれる楽器なり鋼鉄を内にふくむピアノは

よりゆたかな音量欲りし近代はモーツァルトの知らぬ音色に鳴る

産業革命、資本主義など無縁ではあり得ぬことも巨体もかなし

原典といへども初版と自筆譜の異なることに一日かかづらふ

キャプションの略語意味不明黄の壺に枯れはじめたる枝のそばにて

本番に客席が埋まる計算の響きをためす位置決めるまで

客席の照明が落ちオーボエのAをひろがる完全5度の輪

ストラップ

つ、つ、つ、とつまづいてゐる雲が見ゆ実のなる櫨の木の遠景に

かしぎつつ地軸はあらむ　日はわたり地上の市内渋滞つづく

はつふゆといふても時雨が来いひんとだれに言ふともなくおもひたり

逡巡のしばらくののちひつたりと静止する犬　脱糞をなす

湯気あふるるブロッコリーがゆであがりきつと嘘だとみじかくおもふ

だれか来て歌うたひをり山茶花の淡く匂へる垣根のお宅

綿虫をよけつつあゆむ道かげに瑞源院跡の石碑かたぶく

べつべつに秋をすごせば切りにゆく髪のながさもはてなきごとし

胸もとに白毛ひろげふあんなりわれを見上ぐる犬の顔つき

五線譜に書きこんでゆくまだだれも聞かない音の種ひとつづつ

ゆききして秋の指ありきめくるたび立派な音たつる歌集のかげに

ひややかにローションのびてなにかしらてのひらうすくめくれるここち

どのやうにもならぬあなたをまたおもふ　石蕗の黄が空気にしみる

指ひえてわたしそびれたストラップ抽斗にしまふ次の春まで

ながい目でみたら薄暮のはつふゆの空もながれてわたしがゐない

わすれてね。時がすぎればこの場所でだまつてくらす　菊を咲かせて

舟の岡

水のふね舟岡山に生ひいづる茸《くさびら》あまた霊草のごと

そのかみの玄武を祀る山裾はうちひさす朱雀大路伸びゐき

舟岡山は歌枕

うたはるる若菜摘む歌舟岡山《ふなをか》に〈君がため〉とふフレーズ厭ふ

へだたれば歌のなかにも君はをり〈むかしの人に君をなしつる〉

磐座《いはくら》にちかき頂きの土のうへ大蒜《にんにく》落ちてゐつ皮をむかれて

うづもるる落葉の耑を大徳寺寺領と彫られ小さな石碑

他人になり見おろしてをり天窓が開いたままなる自分の家を

天正時代の音とどきくるゆふまぐれ大徳寺に撞く鐘の洗響

まだ雪のふらない衣笠山が見ゆ白川静のともしてゐた灯

ピアノ協奏曲第二四番――K.491ハ短調

五線譜をひろぐ　モーツァルトの書かざりしカデンツァはわが新しく書く

一七八六年三月、ウィーンでの筆跡

いきほへるインクの跡の自筆譜をなまなまと見つウェブたどりて

ひとくぎり練習《さらひ》終ふれば床の上に死体のポーズ《シャバアサナ》あたたかき私のからだ

「第一楽章　136」と打ちしのちサブジェクト名〈テンポ〉を送る

京都府立府民ホール〈アルティ〉

陽ざしまだひつそりとしてアルティの大屋根が見ゆ御所を背向《そがひ》に

木管の響きとまじりあふやうにピアノの位置をまた変へてみる

木管の一人にたのむ　そこ切つてください、ロマン派ではないので

指揮者なく弾くよろこびは管弦の三十人とともに聴きあふ

労働の対価としての金額が振り込まれたりモーツァルト弾きて

アンスリウム

新しく来て呼吸する植物がこの家の壁にかげ置きてゐる

南天が今年はしげりずつしりと実の垂るるなり門扉にふれて

布を巻かれた庭木の隙に見えてゐるさむがりながら煙草喫む父

あしもとに眠れる犬の夢のなかわがねむりたり犬のあしもとに

雪とならぬ雨音の夜をよみゆけば獄舎がありぬ六角《ろっかく》通大宮に

アンスリウムの尖葉《とがりば》ひざにふれてゐて人殺すところひといきに読む

モビールの魚がある夜すりぬけて見おろしてをりわが頭上より

秒針のひびき刻々夜の壁にひろがつてゆく細き音の根

シューベルトの絶望の果てにまだつづく同音連打、狂はずに打つ

犠《にへ》として父を語るときリヒテルの言葉みじかし銃殺の父

白障子のあちらになにかふりはじめのびちぢみする手や足の翳

呼んでゐる声

一筋の雲のびてゐるひろがりに春の池あり響きとざして

ぷつぷつと芽ぶく木の芽にかこまれて耳を澄ましてゐる池の水

時がきて風の生まるるひとときの春の水面よ葉とひびきあふ

うすけむる雑木林の奥ゆきに遠き春鳥の声　ととーたーん

割れさうな板ふみゆけりありのまま言へない理由が浮きあがりくる

街なかにぶあつい昼の響きつつときをり井戸のかげ冷ゆる街

ぜつたいに言はないコトバおもふなり廊下のやうな空を見あげて

廃校の鉄の門扉のうしろがはむつくりと咲く花沈丁花

ととーたーん　喧騒の街に一度だけ聞きたりバスのステップのぼる

二年前に転居　音楽室のある家

三月の雨の響きよ天窓のここから遠いひかりをきざむ

冷えてゆく雨音の午後きのふからとざしたままの楽器匂へり

ふれがたく黒白《こくびやく》の鍵盤《キイ》整列す美しい音の棺のやうに

ピタゴラス音律や純正五度のこと春の雨夜の夢にうづまく

漆喰の壁が吸ひこむ雨音はほのしろくなる　春の夜の闇

くらがりに濃淡のある夜の庭　残像のやうに馬酔木が匂ふ

ハンガーをかけてゆく音じゆんばんに過去になつてもゆれてゐる君

虹色のコンパクトディスクうらがへす風ほのかなりてのひらに死す

雨やめば裏山の夜　ととーたーん　雨やめば裏山の闇の夜
君の呼ぶ雨であつたとへだたれば見ゆるなり春の沈黙の寺

朗読会〈声の領分〉のために

よもぎのに

むくむくと大陸に湧く雲あらむ　青葉プラタナス風にめくれて

若燕《わかつばめ》ほつそりとゐる電線や電線の下の自転車の銀

ふかくさす傘のうちがは冥ければ新緑のあめ魚《うを》びかりする

君のほかのだれであるのかワイシャツの白の濃淡から洩るる声

音楽は聞きたくなくてバナジウム天然水に喉あらふなり

水つかふキッチンの手のひらめきがパセリちぎりぬ　苦しい緑

思ひ出はたぐりよせても骨を煮る匂ひのなかに思ひ出でしかない

掌《たなそこ》に水たまり光るゆふまぐれ爪を切るのは明日になさい

日のひかり鋭くなりぬほつほつと小花をこぼす柿若葉の道

なんでもないさよならだつた鳥籠におほひかぶさる黒布になりたい

黒鍵がいつかわたしの舟となる　蓋をひらけば舟に添ふ影

らあらあと声はながれて蓬野《よもぎの》にうたつてゐるのいやになるまで
遠い人にひらくこの傘ぬれわたる若葉のなかに影ひろげたり

垂直の舵

深雨《ふかあめ》の音のこもれる地上にて紫陽花が咲く憑かれたやうに

しめりけのある風のあと楓《ふう》の樹の木下闇は交尾の気配

脈絡のない死の額《ぬか》が六月のするどい光にまじらずに来る

九階の窓に見おろす空間を愛し瞠《みひら》きゐるしか飛ぶとき

ゆくりなくそのとき光が見えたのだ　北の窓とほく雲があふるる

ついらくの距離やはらかく抱きよせて雨ふれり地に人に時間に

まつすぐに地球の芯へおりてゆく垂直の舵、ひかりを曳いて

梨の実月

七曜のめぐりにはつか風冷えて梨のおもたき九月となりぬ

ちりちりと炒られた花を落としゐるさるすべり　まだ粗き日ざしに

エノコログサの草むら過ぎてぼんやりと歩いてゐたらここは秋口

九月生まれのわたしの喉はああと言ひわが肉体に井戸のひびきす

九月生まれの友のあの声　うすうすとまなざし透けて受話器に話す

梨の実の季節に生まれ京都にてわれと出会ひきみづから死にき

元気よ、　と受話器にうかぶ声ありき梨の実ほどの遠白い声

その父と毛馬水門のかかはりも歌に告《の》りたり　救ひか歌は

肉親とふ果実を食《た》うべ身を採みて憎みしものにまた歩みよる

梨の実はゆふくらがりに瞑目す死ななければ生きられなかつた人に

ともだちの死を歌にする　コンピュータはたらく音の向う秋雨

北大路橋小さくかかりひらひらと傘ひらきそむる見ゆ　こまかな雨だ

III

笛をかかげて——悼・河合隼雄さん

また朝が来たのだ梅雨のつかのまのひかりに鳥のこゑ鮮らけし

死はいつもだしぬけに人を立たしめて窓の硝子をキュッキュッと拭く

わが指の鍵盤の上に浮かびゐし笛の音《ね》　ある日は小舟にゆるる

Debussy "En bateau"

東窓《ひがしまど》の光がすべて　そこに立つ春樹氏からのフルートスタンド

笛はかるく右手にかかげたましひの旅に出たまま帰りては来ず

河骨に黄の花が咲き踏み入れず　その眼の奥の闇ふかき地に

なきがらの燃やさる午後　笛あらず弾くアンダンテ K《ケッヒェル》 三一五

Mozart “Andante”

木管に吹きこむ息の失せたればフルートは恋へり　たましひの野を

川堤《かわづつみ》から

川に出てひといきに視野にふく風と成層圏よりとどく秋空

見るかぎり秋草となる堤かな　ふみゆけば川の匂ひもまじる

もうなにも言はずに　やがて霜のふるころになつたら一度だけ問ふ

川風の匂ひのなかの蜻蛉と笛一管のひかり澄みゆく

月の電話

午後ずつと歩いてゐたり音たてて耳の中をゆく水路に添ひて

あらはれて消えてゆく音　きりわける梨の実はむかしから老いてゐる

川向うの山には狐栖《きつね》むといふお話したし異郷のひとに

紙風船ココロみたいに手にのせてぽんと打ちたり　浮きあがるんだ

半月のかかれる宵のことでした電話の人とみじかく話す

おしあててながくなりたり月の夜の耳の電話のふしぎなる音

自《じ》瀆《とく》

人間の死が棒となり立つてゐるグラフありたり戦争ののち

ふつてはやみまたふる雨の木曜日　銃後の女の勤勉の嵩

ヒキヨセテ寄リ添フゴトク刺シシカバ身ニ恍惚ハアタタカカラム

殺《あや》むといふやさしい音をくりかへす　青葉なだるる闇ははげしく

一人づつの戦ひありきみづからの手を汚し人を殺《ころ》ししむかし

生理的必然として斬首せりかの少年の中なる聖が

覚めぎはのからだなまなまと寝がへれば口にあふるるのは波だつた

「戦争をうたふ」と言ふとき酔つてるの？　酔つてるのつて自分でおもふ

見ることの欲望尽きぬ男らが戦争をかかぐ自瀆の手もて

白色《しろ》濃やかに匂ふ梔子　戦争はくわつと眼《まなこ》をひらいたまま死ぬ

下降音型

息もらさずまばたきをせり冷え締まり音たてさうな朝の空気に

空と地のあはひに雪は生まれつぎ幻覚痛のごとき冬の陽

なりゆきは必然だつた下降する音型も雪も君につながる

魚に降る雪はるかなれふる塩のなかにゆめみる鱈といふ文字

冬の夜のくらがりに聞こゆみづからの身を時かけて舐めてゆく音

七万円

しめりつつ落葉が匂ふずつしりと冷えゐる朝の自転車のあたり

やがてその寡黙をかさね落ちるだらう黒光りする種はいくつも

鉛筆をにぎる指先それぞれの角度きれいな夜の灯の下

取りためた牡丹の種は手をはなれ白磁小皿に音たててゐる

蠟燭の火を分けあたふる音楽がみちびいてゆく死ぬべくミミを

Puccini "La Bohème" 二首

ロドルフォの声に添ひたり売文のためにうごかす羽根ペンの翳

光源のそれぞれたがふ影たちが漆喰の壁に白くかさなる

裏山が鳴りだす夜ふけ壁にありきレオンハルトの横顔の写真

七万円ですべて買ひたりモーツァルトが三十年に書きし音符を

新全集全二十巻・ベーレンライター版

アポトーシス

一月の夜の空たかく冷ゆる日のわが手のなかに点りたる声

電話番号わすれてしまふ距離感を寒菊つよく咲く庭に知る

うすき陽がふちどつてゆくことごとく葉をうしなひし梢《うれ》の黒さを

のぼり坂をこぐ自転車の息づかひ背に聞こえくる昼の裏道

不可逆的時間の中をすきとほる玉葱はあり鍋にかをれる

春なのに雪のふつた日図書館の予約完了メールがとどく

木の花の匂ひ濃くなる夜だつた〈アポトーシス〉は希望の言葉

てのひらをひらいてみてよ夜が明けるまへの東の空にとびたつ

廃兵

雪晴れの朝のひろがり公園に遠くボールを蹴りあぐる音

地上には木や草があり雪の上を黒犬が行く運命のごとく

病めるひと二人棲む家の陽だまりに人間みたいな声をだす犬

要介護老人となつた父がゐてパパと呼べば杖に支へられて立つ

薬液の匂ひしみこむ部屋に来て百合捨ててをりしづかにすつる

しづりゐる雪屋根が見ゆさらに痩せた母が寝てゐるベッドの向う

三月は黄のフリージア三度買ひ自然治癒力の本ふえてゆく

余命といふ言葉聞きしかこのごろのママの声いたくやさしく聞こゆ

リハーサル時間短縮の件つたへむと魔除けのやうな電話とりだす

まだ暗譜してない左手さらひつつ取れないのだゴム手袋の匂ひは

人間に話す代りに話すとき神妙といふ顔つきで聞く

耳かきですくへるほどの会いたさもカレー饂飩のなかに沈みぬ

むかし見た映画のなかに残りたる廃兵、彼が突く杖の音

骨の名をいくつも覚えこの春が過ぎてゆくなり父母の病む春

ペンペン草の絵

岬まで電線のびてゆく春の雨ふるたびに鉄の匂ひす

風にごる午後の街なかほそながき頭上に雲の割れてゆく空

かたよせてゆくワイパーの雨水のもりあがるとき甘さともなふ

春憂ひマチエールといふ語もつかひ薺《なづな》こまかき絵をあがなひぬ

ボールには毛がはえてゐるゆふまぐれくらべられないしんどさのこと

白和へがほんのりあましどつちでもいいとは言へぬ人と分けあふ

言ひ訳をしないあなたの正しさの向う岸に見ゆナズナかなにか

こんなところに

八階から見ゆる桜は小さかり今逝きましたと器械に告げて

また春のつめたい風が湧くのだとぼんやりおもふ窓が鳴るので

うつすらと春の雲まとふ山が見え見えざる星はあたらしき墓

清掃の人の来るゆゑこの部屋の荷物手早く片づけねばならぬ

病巣のむきだしのさまを聞きにいく　桜の影に車を止めて

ひと月まへもこの樹立ちゐき数ふゆる腫瘍のやうに花芽はげしく

構内のこんなところに咲くさくら　解剖室はここより北へ

三人の遺族となれり何回もお辞儀する父と妹を見つ

咲きかけの花しろじろととどけらる時かけて死は位置を彫《ゑ》るのに

紐があり紐を締められ白雁の紋穿《うが》ちある黒い和服を

花のなかにほほゑんでゐる濃き睫毛　おなじ睫毛は血脈がもつ

幣辛夷《しでこぶし》の花わらわらと咲きさかりこの地に生れし息のくらき火《ほ》

窓あけはなちロンド《モーツァルトの音楽》二曲と複数の緩徐楽章弾けり読経に代へて

どこもどこも桜あふるる街なかを鉄《くろがね》匂ふ葬列がゆく

舟岡山から遠望する

うつうつと緑色《みどり》泡だつ西山に画鋲のごとし仁和寺の塔

病院にわすれ帰つた布靴がビニール袋に入れられてあり

枝みたいでわれ怖かりきさしのべた腕ごと母がよりかかり来し

のこる命二十日あまりの病床に母は言ひたりセックスといふ言葉

四月十三日　母方本家の祭

花鎮めやすらひ祭の赤鬼が荒踊りせり髪ひるがへし

少女期の母がよぎりて横笛の音ひいやりと花傘が過ぐ

花傘のした小暗くて入りて来しその子そのまま帰らなかつた子

むんむんと気温上がりて今日逢へば白魚を食うべをりあの指で

かぎりなく桜膨張し吐くほどにおろかと思ひき汗落《あ》ゆるなり

のしかかり来しは母なり性愛にわが纏はりし夜の眠りの上に

よごれたる手鏡のこりかぎろひのひと月は過ぐぬぐふことなく

むらさきの湯の舟にわがひたりつつ花の舟おもふ焼かれたれども

これはヨモギ

蟬声の終りの方を聞いてゐる　木立の奥に自分を置いて

鴨川はまがらない川　秋の日の向ういくつも橋がかかれる

鳥の名をおしへてくれたあの人の判子みたいな銀色の指輪

平茸の味噌汁を飲む十回はつづかなかつた会の最後に

咲き終ふる花ぷちぷちと摘んでゆく肉体のなき一人のため

橋の上の曇り大きな喪の野あり百合鷗らはなまなまと飛ぶ

いつの野か春の緑に膝を寄せこれはヨモギとおしへてくれた

階段が段々であることなどもかなしければまた掃除機かける

駄目と言はれ駄目と言はれたことをまたなしたる犬よさびしい目して

舟について

紫野《むらさきの》上空を行く秋雲に気づく人あり帽子を取りて

秋風が空気をあらふ水曜日　遠くの方に橋がかかれる

とむらひの言葉おほよそほの白き匂ひのなかに浮かみてゐたり

欠けてゆく途中の家族　ツユクサのてんてんと咲く墓域をあるく

道しろく風死んでをり秋蝶のはたたく音の聞こゆるまひる

秋口にわたしはすわり見てゐたり遠山の雲と古い月と日

舟を曳くさびしさは何　むらさきの花のいくつも秋に咲いてて

おしろい花ぷちんとつまむ夜のゆび匂ふよ雄蕊は何本もある

よるはながれからだをめぐる液体のいとなみ苦く胸あはせたり

窓閉めに立つこの家に食べものを腐らせてしまふ生活をして

月わたる大きな夜を呼ぶ声の犬の名しだいに犬でなくなる

舟を焼く歌書きしのち秋が来て呼びさうになる呼ばなくなつた名を

Ⅳ

貝《かひ》釦《ぼたん》

気流には美しい谷があるといふ　翼くらぐらとすべりゆく鳶

雨雲をはぐくんでゐる森としてゆれやまずあり青葉の御所は

ふくざつな雲のすきまに六月のひかりさし貝釦《かひぼたん》をすてる

小鳥ほどの食をしたくす父のため刻むこまかくきらめくほどに

百合樹《ゆりのき》があなたの夜に咲いてゐて門灯を消す一本のゆび

プルトップ引きたるのちにさはりみる点字の金色《きん》の粒《つぶ》冷えてをり

なつかしむこころのしくみ　君のその息にくもれるガラスありにき

黒犬の尾の先にわづか白毛はそよぎつつ遠く気流を乱す

尾をもてば嘘をつくのがへたになり私には聞こえない音を聞く耳

骨切りの身にほのかなり紅透《こう》きて生身の鱧をしつとりと置く

最後までママと呼びゐしその人を母と書くたびゐなくなるママ

水平に耳に来てゐる夕暮れの橋を渡りぬ遠くなる耳

うつゆふの

銀行を出でて数字を反芻す北野廃寺跡石碑のまへに

渡来人の興したる寺やがて朽ち一両が発つ蚕ノ社《かひこのやしろ》へ

ほつほつと夏椿咲く家を過ぎみちびくやうに蛇行する道

背後より近づいてゆく森なれば汗ばみてをりわたしあやふく

そのかみの森の端《は》あそこに見えてゐてたどりつけない蚕ノ社は

古地図にのこる勾配むしあつき道をあゆめる渡来系の人

百済人弓月君《ゆづきのきみ》のその唇《くち》にうづまさといふ音生まれたり

京都市右京区太秦《うづまさ》一帯は、百済出身の弓月君を祖先とする秦氏が、養蚕、機織、製陶などの技術を伝えた土地。周辺には秦氏ゆかりの社寺が幾つか残っている。

いつ降りし雨にぬれゐる森ならむ木嶋座天照御魂神社《このしまにますあまてるみたま》

別名「蚕ノ社」

誰もをらぬ元糺森《もとただすのもり》にながらへて声つむぎをり老いたる鳩が

虚木綿《うつゆふ》のこもる雲より日はさせりさつき通つた道なりここは

小麦粉入り

グランドに土かわきをり冬の陽のあまねきなかに鳩らついばむ

玄冬の径あゆみつつなにならむ浮かびくる名の竹中鯉一《たけなかりいち》

泣けてくる春まだ寒い洗ひ場に茶漉しのやうにわたしまじめで

まどろみは不用意に来て死んだこと知らない母が車で出掛く

ユダヤ人の定義について話しをり小麦粉入りの出し巻きのまへ

クラヴィコード

窓冷えてすきとほる朝わたくしの声かひびけば静電気帯ぶ

白梅がまた廃屋に咲きはじめむかしを掃いてゆく音きこゆ

老バッハの愛した楽器を弾きにゆく御所の冬木のかたはらを過ぎ

ふゆざれの蛤御門《はまぐりごもん》にひそみゐる白装束のバイク乗る人

クラヴィコード、単純な梃子の原理にて弦を突きあぐ金属片が

あまりにも小さき音はゆびさきと弦のふかさのまぐはひをなす

わづかなる響きしだいに覚醒し巨大になれりわれの両耳

二百五十年のちのわたしが指づかひかさね弾くときその音が鳴る

カール・フィリップ・エマヌエル・バッハ（大バッハの次男）著
『正しいクラヴィーア奏法』（一七五二年）

音は消ゆ人も逝きたりめぐりやまぬ季節のなかに残る音楽

会へない人かぞふる霜夜のしじまより烏帽子姿の君が出でくる

ワシコフ

川音の今日はのたうつ紙屋川《かみやがは》梅の実あをき夜をくだれる

闇と闇もみあふ音す十歩ほどで渡り終へたるこの橋の下

音のみの闇川に沿ふ道なれば見えない水の嵩増してくる

生クリームのやうな濃い闇ひとところ梔子匂ふ一角を過ぐ

風ひたりとやめばあたりの草木の息づいてをり汗ばむほどに

ワシコフのその後を問うてワシコフとともにかならず哭きし小池氏

九州に大雨が降りわが庭の毛虫と日ごとたたかふわたし

七月の庭

花を終へ夏椿の木はすべらかに幹のばしをり雨あとの庭

しろじろと潦《にはたづみ》ひかる石畳　しめりを帯ぶる土の匂ひに

土にまみれいくつか見ゆる五弁花の白い花弁《はなびら》はんぶん透けて

触角か髭か大きくうごかしてカミキリムシの艶めくからだ

ふれられてカミキリムシはおし黙りおもむろに幹の裏側へ行く

裏山にまだ蟬は鳴かずこの夜ごろむくりむくりと茸生《お》ふるも

いくつもの山野草消ゆるこの庭にまた雨がふる　雨をよぶ草

atmosphere　気は満ちてゆく雨のあとひらりと冷ゆる大気の底に

雨つぶを葉さきに宿し夏の木はしきりに重い光をこぼす

わかちあふ何かしらあり母が死にて噴くやうに咲きし幣辛夷《しでこぶし》の木と

ぶわぶわの茶色い毛虫つまむとき箸さきにわが触感は冴ゆ

生垣にはびこりし虫たたかひはわれがあまねく殺して果てつ

朝に見し蚯蚓のこども肉色にくねりしが夕べ石にひからぶ

まだ若い夏椿の木は気づかれず実をはらみをり電柱の横

いつまでも暮れないい空にくたぶれて門鎖《さ》しにゆく草匂ふところ

ぐふ

蜜のいろひそりと育て冬の日の廊下のすみに林檎かをれる

月明に冬の枇杷の木しろき尾を浮かべをり盲学校の裏手に

いつの世の洞穴かわが胸にあり昏くひびかふ咳をするたび

ぐふといふ声ともつかぬ息を吐き匂ひ毛深くまた眠る犬

束子

しつかりと眠つたあとに浮かびをり裏山のうすみどりいろの蟬声

焼霜の鱧ゆたかなりはるか氷見の町より来たる人と食うべぬ

何回もやめようと思つた吾亦紅小さな束子《たはし》いつぱいつけて

植物に水をあたへてしばらくを耳すましをり濡れてゆく音

酒店加六の歌おもひだす秋の日の石蕗の黄はしみいるごとし

弧線どこに引かれたのだらう図書館に着くまでに降つてきたのは時雨

分け入つてゆくさびしさは枯れ松葉踏んで匂へる場所に出でたり

むかし見し夢の中の土地よみがへりまた歩いてた季節のない道

水雪によごれて

ここだけが時雨れてゐると見えながら北山あたりに浮く茜雲

こんどね、と液晶に書き送信スあんまり落葉がたくさん散つて

ガラス戸に冬木の影をうつしゐるコンビニはああこころの拠り所

妖精にさそはれてひらく絵本には冬ごもりする虫たち多忙

ものがたり後編春のみぞれふるくるしい恋をずつとしてゐた

水雪にすこしよごれてわたくしが降りたあと神戸までゆく電車

泥の上に水澄みてをり知つてるよあなたの言ふことすべて正しい

春になりつぎつぎと駄目になつてゆくさういふ時期にヒメウツギ買ふ

音たてて菠薐草をゆがきをり湯気のガラスにかくれゆく雪

ゆびさきがいつも冷えてた　黄の菊のあたまみたいなかたまり憎んで

ぶきつちよに脱水槽に音たつるタオルの色をおもふ湯のなか

校門に置かれた女人の雪像の乳房くづれたり十日ほどのちに

二階

階段の途中にすわつて聞いてゐるこの雨はいつの春寒のこと

わがのぼる階段の音を聞きながら春の野菜を炊いてゐた人

あまいあまい牛乳ありきスプーンでつぶした苺の色がまざつて

一段づつ時は過ぎゆく　木製の手すりを握り下りてくる父

きざはし、と呼べば春めく階段に植木の鉢をかかへてのぼる

二階からすこしだけ見える東山　うすむらさきに煙ることあり

昼までの日差しあらはにおよぶとき春のガラスはよごれやすくて

来たときはこの階段ものぼれずに黒耳垂れてゐたよおまへは

階段を下りつつおもふあの人はロ短調ミサを毎年うたふ

ふつつりと春の雨やむ天窓にひびきのこれり空からの音

輪

遠くから咲き方でわかる白梅をまなざしさむき一人にたぐふ

わかものは小さい声でものをいふ白梅ちりんちりんと咲けり

はらはれた枝の向うにごつそりと大文字《だいもんじ》山見ゆまだ冬枯れて

ねむの木のところを曲がるとおしへらる自販機みたいに生えてゐる木

薬局の匂ひのなかで待つ父が見てをりガラスの外にふる雪

帰りきて思ひだす鷺はあるくたび足もとの水を白くひからす

まだ窓の外はつめたい雨だらう　あともう一回、展開部から

おなじ箇所ただくりかへす練習はまだ生きてゐた母が聞きゐし

枯れ枝で春の地面に輪を描いてたれか入りゆけりその輪のなかに

春に死にし母をまだ記憶とは呼ばずこの夜かるい月がかかるよ

あとがき

十年あまり前に上梓した第一歌集『無言歌』のあとがきに、幼い頃の詩との奇妙な出会いについて書いた文章があるが、それから何年か後の、ある冬の朝のこともしるしておきたい。

生家の二階の一室に、ある朝はやく目が覚めた。空気は冷えていたが、南と西に大きく窓の開いた明るい部屋だった。上半身を布団から起こしたまま、私は、学校の音楽の時間に習ったばかりの歌を、声にだして歌いはじめた。

〈さぎりきゆるみなとえの　ふねにしろしあさのしも　ただみずとりのこえはして……〉

朝の冷たい空気のなかに、ひとすじ声が透っていくのが見えるようで、何かとてもきれいだった。長いあいだ、わたしは、ひとりで歌っていたようにおもう。

〈詩〉はことばで、ことばは音であり音楽だった。そのことに、私は少しだけすくわれたのかもしれない。

第二歌集は『ゼクエンツ』と名付けた。

「ゼクエンツ Sequenz」は音楽用語（ドイツ語）で、ピアノ演奏する現場では日常的に使う。「音高を変えながら繰り返す、同一音型」というニュアンスだろうか、バッハやモーツァルトの作品に頻出する。

ゼクエンツで何より惹かれるのは、グラデーションのように色彩感が変化すること。それは、ゼクエンツを支える和声が刻々と移り変わることによるのだけれど、音型は規則的でありながらその後ろの和声が変化に富むという、そのバランス自体に、耳が、というより、体感的に、何にも代えがたい喜びを感じる。そのゼクエンツは、実はその後に控えている深淵を導く端緒であったことに、あとで気づいたりするのだが。
短歌という詩型と右記のことを短絡的に結びつけることはできないが、いわゆるクラシック音楽作品の、その音の組み合わせ方は、私にとって短歌と無縁ではありえないと、徐々に、だが強く自覚するようになった。

この歌集を上梓するにあたって、特に記しておきたいのは、短歌・詩の良き友人として、長いあいだ助力を惜しまなかった塩崎 緑さん。また吉川宏志さんにも的確なアドヴァイスを頂きました。砂子屋書房の田村雅之さん、装丁の河野 綾さんにも一方ならぬお世話になりました。塔短歌会、左岸の会に続く神楽岡歌会の皆さんからは、いつも大いなる友情と、たえまない刺激を受けています。これらすべての方々に、あらためて、心よりお礼を申し上げたいと思います。

二〇一五年三月三日

河野美砂子

『ゼクエンツ』の構成について

二〇〇四年～二〇一〇年に、左記の媒体に発表した四〇六首を再構成して収録した。

「塔」、角川「短歌」、「歌壇」、「短歌往来」、「短歌研究」、「短歌現代」、「短歌春秋」、「詩歌句」、短歌新聞、朝日新聞、毎日新聞、読売新聞、東京新聞、文藝春秋

基本的には制作年代順だが、前後を入れ替えたものも少なくない。

河野美砂子（こうの　みさこ）

京都市立堀川高校音楽科を経て、京都市立芸術大学卒業。その後ウィーン国立音楽大学等に留学。帰国後、京都市立芸術大学非常勤講師を務めつつ、ピアニストとして演奏活動を行う。一九八八年年淡路島国際室内楽コンクール優秀賞。九二年塔短歌会入会。九五年第41回角川短歌賞受賞。第一歌集『無言歌』（二〇〇四年　砂子屋書房）により第5回現代短歌新人賞受賞。

歌集　ゼクエンツ　塔21世紀叢書264

二〇一五年五月一五日初版発行

著　者　河野美砂子
京都市北区紫野北舟岡町四一（〒六〇三―八二二七）

発行者　田村雅之

発行所　砂子屋書房
東京都千代田区内神田三―四―七（〒一〇一―〇〇四七）
電話　〇三―三二五六―四七〇八　振替　〇〇一三〇―二―九七六三一
URL http://www.sunagoya.com

組　版　はあどわあく

印　刷　長野印刷商工株式会社

製　本　渋谷文泉閣